나도 너처럼 오래 걸었어

시아시인선 12

나도 너처럼 오래 걸었어

오영미 시집

시아북
詩芽BOOK

시인의 말

“

너희가 꽃이다.
너희는 꽃이다.

아이의 재재거림과
잔디밭에서 뛰어노는 발소리와

책상 앞에 앉아
시름 하는 턱과 눈동자와

영관領官급 장교가 된 아들과
가족 뒷바라지에 헌신한 슬기를 위해

예쁜 꽃 시집을 엮는다.
이 시집을 너희에게 바친다.

이 땅의 모든 꽃이여,
너희는 아름답게 피어날 권리가 있다.

”

序詩

밥줄,

사는 동안 가장 긴 줄
세상에서 최고 힘 센 줄

먹으면 배부른 줄
굶으면 배고픈 줄

놓으면 죽는 줄
죽으면 끝나는 줄

그런 줄 알았습니다
그럴 줄 몰랐습니다

2021년 여름

오영미

제1부

제2부

제3부

제4부

제5부

제1부

도라지꽃

— 아무것도 걱정하지 마라

족두리 앙다문 입술 열고

꼬부랑 할머니 나오신다

하얀 코 버선 베일 새라 사뿐사뿐

삼베옷 보라로 물들이고 걸어오시는

등 굽은 할머니 보인다

아무것도 걱정하지 마라 하신다

* 꽃말 : 영원한 사랑

채송화

— 나도 한때는

나도 한때
붉었던 시절 있었네

앉은뱅이 얼굴
당당히 꽃 피우며 살았네

작은 골방이지만
그 속 드나들던 꿀벌아

나 한때
소박한 꿈 있었네

* 꽃말 : 가련함, 순진, 천진난만

해국

— 낮게 엎드려 꽃을 피웠지

쑥부쟁이인가 다가갔더니
헤벌쭉 모래 가득 담고
웃고 있는 당신

세찬 비바람 맞고 자란
키 작은 당신
바닷가 바위 벼랑에서 아슬하다

잘난 걸 싫어해
낮게 엎드려 꽃을 피웠지
가슴엔 연자주 피멍으로 가득했지

* 꽃말 : 기다림

원추리
— 그러지 마라

바닷가 절벽에 피운 꽃
어쩌려고

꺾인 채 고개 숙인 꽃
어쩌자고

그러지 마라
같이 살자

기다리는 마음
매 한 가지란다

* 꽃말 : 기다리는 마음,
하루만의 아름다움, 지성

석죽화石竹花

— 아무라도 사랑하게 놔둬라

혼자일 때보다
여럿일 때 예쁘다

꼿꼿할 때보다
흔들릴 때 아름답다

여리고 여린 마음
다정도 병인 양*이라 했나

산에 들에 널리 퍼져
아무라도 사랑하게 놔둬라

* 고려시대의 문신 이조년의 '이화에 월백하고' 시조 중 일부 인용.
패랭이꽃을 석죽화라 불림

* 꽃말 : 정절, 순애, 조심, 대담

백합
— 순결의 정

오! 나의 말랑한 엉덩이를
오! 나의 촉촉한 입술을

나의 향기로
나의 영혼으로

우아하게 사랑하오
순결의 정 잊지를 마오

* 꽃말 : 순결, 순수한 사랑, 깨끗한 사랑, 변함없는 사랑, 죽음

달맞이꽃

— 풍덩 빠지는 일이 낯설지 않다

누런 달이
만삭으로
바다에 눕는다

백중사리
달을 품은 조각배

철렁이기도 하고
출렁이기도 하여

누런 곳에서의 출산
풍덩 빠지는 일이
낯설지 않다

* 꽃말 : 말 없는 사랑, 기다림,
밤의 요정, 소원, 마법, 마력

큰개불알풀꽃
— 사랑받고 싶구나

밭둑 아무렇게나 놓여있는 듯
논둑길 오순도순 종알거리듯
길가에 널브러져 누워있는 듯

말이 없구나
사랑받고 싶구나

* 꽃말 : 기쁜 소식

백일홍

— 너 아니었으면 어쩔 뻔

손끝 하나로
까딱만 해도
흔들릴
찰라,

너 아니었으면 어쩔 뻔

* 꽃말 : 그리움, 수다, 인연, 행복, 떠나간 님(혹은 친구)을 그리며

창포

— 무심코 걷다가

무심코 걷다가 발견한
단아한 벽화 때문에
뭉클했던 하루

어느 규수 집 담벼락
그림 속에서
무더기로 피어 있는 너 보았네

흰 고무신
거꾸로 신었던 그녀가
머리를 감고 있네

* 꽃말 : 경의, 신비한 사람

샐비어

— 변심했나요

변심했나요

아뇨, 우기雨期가 속은 겁니다

긴긴밤 잠갔던 빗장

보슬비 대신

쏟아붓는 장대비라니요

* 꽃말 : 기쁨, 결속, 덧없는 사랑

능소화

— 우리 사이 다시 이으려는데

투명 유리창이
전부인 우리 사이

긴 모가지, 툭
끊어진 모가지, 탁

우리 사이 다시 이으려는데
미련 없이, 뚝

* 꽃말 : 여성, 명예, 영광, 기다림, 그리움

할아비꽃대
— 그들에게도 오월은

수상화서로 피는 꽃

하얀 분칠로 옹기종기 다닥다닥

할아비 곁에 달라붙어 아양 떠는 할미들의 성화에

발끈 섰다 주저앉는 수줍음 많은 할아비

바다로 가는 오월의 길목 어귀 따라

노인들의 회춘 질이 지천으로 즐비하다

그들에게도 오월은 청춘인 거지

* 꽃말 : 외로운 사람

양귀비

— 괜찮아, 좀 늦을 뿐

당당히 꽃 피운 것들은
꼿꼿한데
저토록 당당한데

꽃 피우지 못했다고
홀로 고개 숙이고 있는 거니

숙연한 것들
먼저 피운 그 꽃이 뭐라고

꽃대 궁에 씨알 가득 움켜쥐고
떡하니 버티고 서 있다는 거지

그 속에서 씨앗들이
와글와글 모여 있다는 거지

괜찮아, 좀 늦을 뿐
먼저 피운 것들 지고 나면
너도 꽃 피울 수 있어

* 꽃말 : 위로, 위안

모란牡丹과 작약

— 이제라도 너와 함께

전생이 있다면 믿고 싶다

나무도 아닌 것이

풀도 아닌 것이

오누이 같이 서로 닮아

함박웃음으로 위로를 하네

꽃 피우며 희망을 주네

이제라도 너와 함께 피고 지고

* 꽃말 : 모란) 부귀, 영화, 왕자의 품격, 행복한 결혼

작약) 수줍음

제2부

옥잠화

— 핑크빛 여운

눈부신 하늘이
꽃잎에 내려앉는다

어머니 치마폭인 양
잠들고 싶다

* 꽃말 : 침착, 조용한 사랑

할미꽃
— 시들었다 괄시 마라

사람은 마르고 늙어가면서
출산에서 잊히지만

꽃은 제 몸 다 내주고
시들어서야 출산을 꿈꾼다

* 꽃말 : 슬픈 추억, 슬픔

무스카리

— 작아지게 만드는 것들

봄의 여신 보랏빛 향기여

태양의 신 아폴론과 소년 히야킨토스의 사랑 이야기

실의를 딛고 기쁨의 향기로 승화한 꽃

무더기의 슬픔 피워내 벌과 나비를 불렀구나

거친 노지의 땅에서

굳은 바위의 틈에서

팔다리 찢기고 밟혀도 당당하게 일어서는 저, 저것들

나를 자꾸만 작아지게 만드는구나

* 가을에 심는 백합과의 구근식물

* 꽃말 : 절망, 실의, 실망, 통하는 마음, 관대한 사랑

해바라기

— 하염없이 비 오는 날

서천 판교 흥림골
그 골짜기에서
고개 숙인 채
훌쩍이는
너 보았다
아프다, 많이 아프다

* 꽃말 : 애모愛慕, 동경, 숭배, 기다림, 자부심

제비꽃

— 그냥 갈 수 없어

땅바닥에 바짝 엎드려 있는 너

어여쁜 너를 보고

그냥 갈 수 없어 쪼그려 앉는다

* 꽃말 : 진실한 사랑, 영원한 우정

앵두꽃

— 그런 연애 한번 해 봤으면

앵두야,

하고 부르면

앵앵 나의 품에 안겨

톡 터지는

그런 연애 한번 해 봤으면

* 꽃말 : 수줍음

무화과無花果

— 나도 많이 참았어

꽃 안 피우고
열매 맺었다고 깐보지 마라

그 속에 들어앉은 씨
깨알 같은 사연들

꽃 피우지 않고 맺은 열매라고
속조차 붉지 않을쏘냐

쉽게 무른다고
배알도 없는 줄 아냐

*꽃말 : 결실 있는 사랑

산당화山棠花*

— 이름도 모르면서

영미야, 저 꽃 이름 아니?
몰러, 내가 어뜨케 알어

엄마는 저 꽃이 그렇게 이뻐?
이름도 모르면서

너는 어떤 꽃을 좋아하니?
명자꽃이 이쁘긴 하지

* 명자나무, 아기씨나무

* 꽃말 : 겸손

백화등白花藤*

— 낮은 그리움

보라,

하얀 눈꽃 피는 봄을 보라

천 리,

만릿길 마다치 않고 달려온 사랑

그르렁,

낮은 그리움 보라

* 마삭덩굴, 마삭줄

* 꽃말 : 하얀 웃음, 매혹, 속삭임

산수유山茱萸

— 아무렇지도 않게

흐엉흐엉
온 천지가 난리인데
너는 피었구나
아무렇지도 않게 피워냈구나

세상 모두 창백하게 매달려 있는 것들아

흐엉흐엉
온 천지가 난리인데
너는 매달려 있구나
아무렇지도 않게 매달려 있구나

세상 모두 불덩이로 달궈내는 것들아

* 꽃말 : 영원불변의 사랑

넝쿨 장미

— 송이만 찬란한 헛것

꽃에 향기 없이
색으로만 요란하게 유혹하는
넝쿨 장미 곁에서

혹시나 하고
말 걸어 볼까
코끝을 들이밀어 본다

아무리 들이마셔도
무향인 유월
송이만 찬란한 헛것

* 꽃말 : 사랑, 아름다움, 낭만적인 사랑,
용기, 존경, 열망, 열정

연잎밥

— 이제야 알 것 같습니다

개구리 앉았던 자리에
찰밥 얹어

단호박, 대추, 은행, 호두, 버섯
여러 형제 고명으로

당신의 치마폭 속
들어앉으니

그 넓은 사랑
이제야 알 것 같습니다

* 꽃말 : 소원해진 사랑

개망초

— 그런데 어쩌니

나라를 망하게 했다 해서 괄시받았던 꽃

어렸을 적 달걀 닮았다 해서 불렸던 계란꽃

꽃잎이 혀 모양으로 생겼다 해서 설상화

네놈들이 약올라 개망초라 했다지

그런데 어쩌니 어여쁘구나, 예쁘기만 하구나

개망초 꽃차 마시며 네 이름 불러본다

혀에서 돋은 잎, 그 혀 돌돌 말아본다

* 꽃말 : 화해

석류石榴
— 껍질 속에 갇혀

껍질 속에 갇혀
붉게 영근 청춘아
투명하게 익어 낸 청춘아
아픔과 고통 이겨내면
때 되어 저절로 벌어지는 거란다
속없는 농담으로 속 다 보여 주고
알알이 농익은 사랑들

* 꽃말 : 원숙한 아름다움

아스파라거스

— 한순간 꺾이는 것도

축 처진 너 보며

꺾인 붓을 생각한다

꺾인 자루 쥐고

가만히 바라본다

이러다 죽을 수 있겠구나

한순간 꺾이는 것도

시간문제겠구나

* 꽃말 : 무변화, 불변, 영원한 행복

제 3 부

메밀꽃*

— 소금꽃으로 피어

나, 이 세상

꽃으로

다시 태어날 수 있다면

짭조름한

소금꽃으로 피어

온 세상 부패를 막아보리

* 이효석의 단편소설 <메밀꽃 필 무렵>에 인용된 소금꽃을 연상함

* 꽃말 : 연인

싸리나무

— 밉기만 했겠냐만

어릴 적 회초리로
종아리에 붉은 금 새겨
무엇을 가르치려 했을까

고것이 밉기만 했겠냐만
가지마다 꺾어 빗자루 만들었지
아버지랑 함께 줄 엮었지

지금은 기운 없다시며
꺾지도 못하는 그 나무가
왜 밉지 않겠냐만 하얗게 굵어졌지

마당 어귀 한 모퉁이
싸락 싸라락 다 차지하고
보란 듯이 내 어깨 쓸어내리는

* 꽃말 : 생각, 사색, 상념

겨우살이

— 내가 당신의 숙주이듯

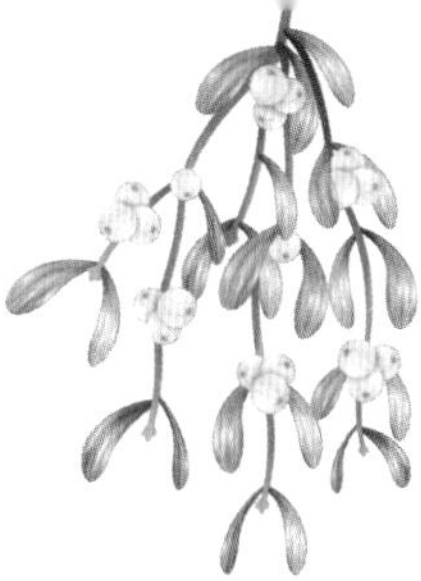

어쩌다 내가 당신의 숙주이듯

당신이 나의 수액 되어

한평생 멋지게 살아 볼 일

* 꽃말 : 강한 인내심

은행나무

— 나도 너처럼 오래 걸었어

제구실 못 할 것 같아 외면했던
쓸모없는 땅에 내기 걸듯 심었던 나무
꿋꿋이 버티며 떠나지 않더니
저도 팔 벌려 햇살 불러 모으더니
주렁주렁 은행알 가득 실었다
뿌리 내리기가 그리 오래 걸렸나
심지 굳히기가 그리 힘들었었나
나도 너처럼 오래 걸렸지
그 옆 둥지 틀기까지 한참 일이었지

* 꽃말 : 진혼, 정적, 장엄, 장수, 정숙

할미밀망

— 함께 못가 미안하오

할미꽃 옆에서
칠십 년을 지켜본
할아비 꽃

그 꽃잎에 검은 반점
쉴새 없이 번지더니

쿨룩쿨룩 마른기침
바스락 부스러지더니

내 먼저 가오
함께 못가 미안하오
다음 생엔 우리 만나지 마오

* 꽃말 : 이루어질 수 없는 사랑(야생화)

블루베리

— 잘난 놈 못난 놈

첫 수확이라며 택배가 도착했다

너희도 잘난 놈 못난 놈

잘 익은 놈 설익은 놈 물러터진 놈

이럭저럭 어우러져 한 가정 이루었구나

까만 얼굴에 흰 분칠 하고 시집왔구나

입안 가득 물기 촉촉

침샘만 자극하는 요염한 것

끝까지 버텨 여기까지 왔구나

* 꽃말 : 현명, 친절

튤립

— 누가 뭐래도

삼월 한파에 폭설이라니
그 속에서 꽃대 올리느라 애썼네

땅속 묻힌 곳은 달라도
새끼 치며 번식하느라 수고했네

일제히 돋아난 둥근 삐죽
달무리인 듯 별빛에 다소곳하네

함께 흔들리고 함께 바라보며
오래 걸어가는 동반자라네

* 꽃말 : 명성, 애정, 사랑의 고백

진달래

— 꽃으로 태어나 아프다

꽃으로 태어나 아프다

함부로 꺾으려는 무리 때문에

별에 찔리다가

달에 우울하다가

아프기만 한 꽃은 시들어 가는데

너, 피어나 아름다운 일생이기를

너, 맺혀 튼실한 나날이기를

* 꽃말 : 절제, 청렴, 사랑의 즐거움

팬지

— 밟히고 밟혀도

질기고 강인한 꽃이 되고 싶다

크고 예쁜 꽃이 되고 싶었다

들꽃처럼 야생화처럼

밟히고 밟혀도 소리 내지 못하는 봄

그래도, 피고 또 피어 아프지 않기를

예쁜 꽃으로 환한 웃음 짓기를

* 꽃말 : 나를 사랑해 주세요

연꽃

— 제 몸 상처를 내야

세상에서 가장 단단한
깨지지 않는 우주 속

제 몸에 상처를 내야
비로소 씨앗이 발아되는

이런 밥이 어딨어
이런 법이 어딨어

제 몸의 상처로
꽃 피워 등 밝히는

그 밥 속에
법이 있었네

* 꽃말 : 순결, 군자

화살나무

— 시위를 당기며

과녁 향해 시위 당기며
심신 수련하기까지
두드리며 깨웠던 새벽

여무사女武士 호칭에
몰기沒技하고 잔치 벌였지만

정작 내 가슴 한복판
박힌 화살 빼내진 못했다

쏜 화살 주우려
감춰둔 비밀 삼아
생긴 곳마다 나무 한 그루씩 심는다

* 꽃말 : 위험한 장난, 냉정

클레마티스

— 너는 내 편인 행복

눈앞이 환해진다
네가 아기를 낳고
아기에게 젖을 물리고
싼 똥 기저귀 손수 갈아주는 모습
에스프레소의 향보다 찐한 감동이다

으아리, 억지로라도 행복해져야 해
절대 네가 혼자라는 생각은 마
언제든 나는 네 편이고
너는 내 편인 행복
이제 걱정 없이 살아 볼 만하잖니?

* 꽃말 : 고결, 아름다운 당신의 마음

인동초忍冬草
— 깨딱하믄

팔십 세를 넘긴 아들이 집에 오기 기다렸던 백 세 넘긴 어머니가 말을 건다

"애비야, 나 오늘 깨딱하믄 죽을뻔했어야"

아들이 어머니 손을 꼭 쥐여 주며 말한다

"어머니, 용케 잘 버티고 예까지 오셨으니 다행유, 걱정 하지 마서유."

오늘도 어머니는 저승 길목으로 가기는 싫으신 모양이다

늙으면 죽어야 한다는 말 다 거짓말인 줄 알아라

* 꽃말 : 사랑의 인연

쑥부쟁이

— 허드렛물을 닮았다

빗물을 받아서
씻고 부수고 흔든다

물 한 방울도 아까우니까
받아놨다가 부수는 것인데

너희도 나처럼 살라 하지는 않겠다만
알뜰살뜰 살펴 일어서라 했는데

봄비처럼 왔다가는 아들네
허드렛물을 닮았다

* 꽃말 : 그리움, 기다림

맥문동麥門冬

— 몹쓸 상상들

생리적인 현상에서 소리를 들으면
왜 상상이 되는 걸까

냄새를 맡으면 왜 또 상상되는 걸까
보고도 민망한 마음으로 찝찝한 건 왜일까

내 소리 들릴까 봐
내 냄새 퍼질까 봐
내 얼굴 들킬까 봐

저기 팔짱 끼고 별의 눈빛 교환하는
연인들 모습 보면서도
그렇고 그런 망측한 상상

어이, 저 무인텔 드나드는 커플들
보리밭 거기 찐한 상상 해 본다

* 꽃말 : 겸손, 인내, 기쁨의 연속

제4부

층층잔대

— 그곳에 가면

분명 나는 보았다
숲속에서 커억거리며 울부짖는
금속성 긁힘으로 후비는 발정
나를 덮칠 듯 커다란 절규의 소리
감청색 구름에 덮인 석양도 따라 울었다
금방 어두워지는 서해의 저녁
내려올 때 보았던 발자국이 아직 남아 있다
오르는 모래 언덕을 뛰어다녔던 흔적
그 방향의 좁은 길에서
고라니가 나를 부르는 것이다
내가 그곳에 가면 나를 찾는 숲이 있다

* 꽃말 : 거짓, 가면, 은혜

주목朱木
— 그녀의 비가悲歌

옳거니, 어김없이 비가 내리네
그녀가 나무를 심으면 먹구름이 몰려왔다

그녀가 삽질하면 불현듯 비가 내렸다
가문비나무 영산홍
황금측백과 백일홍 심었을 때도 그랬다

개미가 땅바닥에 구멍 내고
흙을 날라 성 쌓았지
무차별 삽질로 땅을 판다는 것은 침략이었다

장화 신고 모자 쓰고 장갑 끼고
딱딱한 땅과 맞짱 뜨면서
개미들의 반란을 무시했다

두통을 묻는다
아픈 상처와 욕망을 긁어낸다
잎보다 꽃을 먼저 보낼 때도 그랬다

천년 주목을 옮겨 심기로 했다
만 년 전 개미들의 울음 실어
투둑툭툭, 그녀의 비가悲歌 억수로 퍼부었다

* 꽃말 : 고상함, 비애, 죽음

비자림 비자나무

— 너희는 끝내

사막에서 온 너희와 함께 바닷가로 간다

모래를 밟으면 앞발로 구덩이 판다

오줌 누고 똥 누고 영역표시도 한다

너희는 말이 없고 나는 계속 중얼거린다

사막의 모래바람

바다에서 변심의 바람은 다르지 않아서

쓰리고 차고 서럽다, 그래서 눈물이 난다

약해진 시력 탓도 있겠지만

새벽을 보낸 우리의 온기는 어디로 갔나

나는 고양이와 함께 사막의 숲을 찾는데

너희는 끝내 바람의 언덕을 그리워하곤 했지

* 꽃말 : 소중, 사랑스러운 미소

백목련 白木蓮

— 서로의 간격

나는 창안에서

너는 창밖에서

서로의 간격에 선 긋는다

나는 네가 창밖이라 생각하고

너는 내가 창밖이라 믿고 있지

우리는 매일 서로를 확인하지만

안과 밖의 사이 어디쯤 걸터앉고 싶지

* 꽃말 : 고귀함, 자연애

배롱나무

— 잇

할머니가 아버지를

외할머니가 엄마를

나와 동생을

잇는다는 것은 살아가게 하는 것이죠

일흔과 여든을, 쉰과 예순을

하늘과 땅과 바다를

수평선과 지평선을

잇는다는 것은 모든 탄생을 축하하는 것이죠

* 꽃말 : 부귀

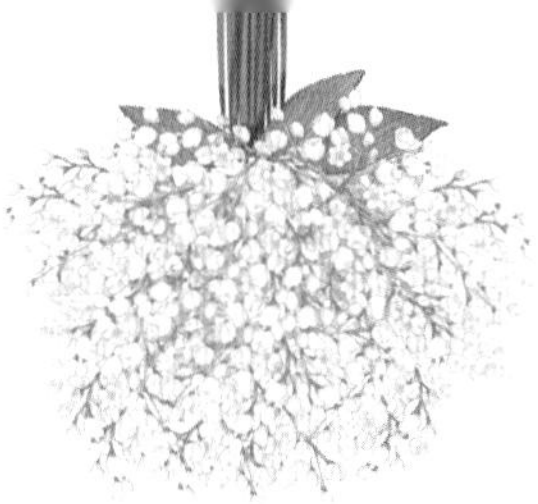

안개꽃

— 덮

파도가 뒤척이며 피어나는 물안개처럼

해무가 스멀스멀 지붕 위를 덮는다

새들은 쥐 죽은 듯 조용하다

고양이도 명상 중이다

바다가 뜰을 덮치려는 그때였다

* 꽃말 : 맑은 마음, 깨끗한 마음, 사랑의 성공

수국水菊

— 잊은 지 오래여서

침침한 눈 때문에 이정표를 볼 수가 없다
마침 이슬비 내리니 술이 땡긴다
입술은 입술로 터쳐야 한다는데
누가 그러더라
세상에서 가장 맛있는 술이 입술이라고
그것도 잊은 지 오래여서
결실 없이 화려함만 가득한 꽃

* 꽃말 : 진심, 변덕, 처녀의 꿈

나팔꽃

— 알아채고도 모른 척

담장 있는 집이 부러웠던 때가 있었다
거기에는 접시꽃이 피어 있고
아무 무늬 없이 냉골을 막아주고
페인트칠이 떨어져 나간 자국
그것이 무늬 되어 울기도 하지만
접시만 한 꽃잎이 위로되었던 담장

접시꽃 옆에는 나팔꽃을 심으리라
나팔꽃이 접시꽃을 칭칭 감아
담장 위로 삐죽이 오르면
슬픈 웃음 피고 지는
우리 가족의 비밀까지 알아채고도 모른 척
눈 감아 주는 해님이 꽃

그 담장으로 듬직한 남동생이
귀여운 막내 여동생과
수줍음 많은 바로 밑 여동생 발소리
들려오겠지

큰 언니 몸 휘감고 팔에 매달리겠지
나팔꽃처럼 큰소리로 나발 불겠지

* 꽃말 : 기쁨, 결속, 덧없는 사랑

앵초櫻草

— 그녀가 예쁘다

낙지 언제 파러 가요
많이 잡아 와요
난 그녀가 잡는 낙지만 먹지요

원산도에서 유일한 동갑내기로
동네 사람들 삼삼오오 조개 캐러 나갈 때
그녀는 혼자 낙지를 잡으러 간다

넓은 챙모자에 토시를 낀 왼쪽 손엔 양동이
오른쪽 손엔 별다른 장비 없이 맨손이다
펄 속을 후벼 파는 그녀의 오른손은 굵고 굽어 있다

유독 그녀의 낙지를 좋아하는 나는
바다를 내려가고 뜰 아래로 올라오는
그녀 기다리는 일이 지루하지 않다

거뜬하게 월동하는 그녀, 앵초를 닮았다
말귀 알아듣지 못해 보청기를 끼고 다닌다

어렸을 때 사고로 발음도 어눌한 대화를 해야 한다

많이 잡았나요
열다섯 마리 잡았다며 웃는다
탕탕탕 도마 위에서 산 낙지를 치는 그녀가 예쁘다

* 꽃말 : 영원히 당신과 함께

개구리밥

— 손 없는 날

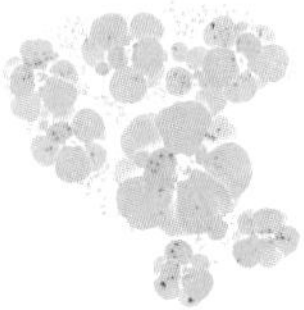

뜬 모를 쥐고
논을 휘젓는데
둥둥 떠 있는 개구리밥이
손등에 앉는다

빈자리 채우려고
덧모를 키웠는데
거머리 나타나
발등을 꽉 문다

새참 내온 마누라
엉덩이 실룩거리며 콧소리
오늘 밤
손 없는 날이니 준비하란다

개구리 코피 흘리며
밤새 개굴개굴

노래하다 지쳐

한낮을 드르렁드르렁

* 꽃말 : 나그네, 떠돌이

맨드라미

— 그러거나 말거나

닭 볏으로 나를 쪼아라
어긋나는 생과 사를 다투며
치맛자락 나풀거리네

이 고집과
이 스트레스와
이 불안을 어디에 두어야 하나

가출하고 난 이 기분
뛰쳐나와 되돌아갈 수 없는 그곳
이별 후 또 그리워질까 두려운

그러거나 말거나 남들은
그 사람 혼자 새우잠 드는 것을 알 리 없다
간밤 울컥대던 내 사연 알 턱 없다

뜬금없는 부부싸움의 끝

누가 알까 무섭기로

이만한 수줍음 또 어디 있을까

* 꽃말 : 치정, 괴기, 감정, 영생, 시들지 않는 사랑

괭이밥풀

— 독이 퍼져 가렵다

칠월에는 맨손으로 뽑지 말자
함부로 만지지 말자
풀에도 독이 있다

햇볕 피해
이른 아침 풀을 뽑았는데
손등과 팔뚝에 독이 퍼져 가렵다

손바닥은 풀에 베어
온갖 상처로 울긋불긋 쓰리다
누가 보면 고양이 발톱에 뜯긴 줄 알겠다

괭이밥, 고양이가 소화 안 될 때
꽃잎을 뜯어 먹는다는 속설과
가려움증에 즙이 효과 있다고 했겠다

여린 줄만 알았던 너
온몸에 달라붙은 풀벌레들이
쐐기로 자신을 보호하고 있는 거다

풀 죽어 지내던 시절은 어디로 갔나
여름 한 철 그들과 함께
본때를 보여 주는 것이리라

* 꽃말 : 빛나는 마음

하수오何首烏

— 변치 않는 간극

나의 날개는 하나여서 당신의 날개가 필요합니다

나의 눈은 외눈박이 당신의 눈이 필요하죠

나는 원산도 뜰아래솔바다에서 검은 머리 파뿌리 되려 하죠

바다에 빠지는 석양의 속도에 눈 맞춰 당신 어깨 부비고 싶어하죠

시간과 시간 사이에 틈이 흐르죠

벽과 벽 사이에 틈이 박히죠

서로를 이어주는 틈

기대와 현실을 틈으로 메워주는 사이

칠월과 팔월은 또 억센 소리의 바다

당신과 나의 변치 않는 간극을 섞어 보려 합니다

* 꽃말 : 엄격

매발톱꽃

— 쐐기를 박고 기다린다

커다란 바위여야
힘이 있다고 믿는 사람들아

민초民草들의 못으로
침으로
바늘로
나무로 바위를 가른 전설 기억하라

오늘도 나는
큰 허풍에 쐐기를 박고 기다린다

* 꽃말 : 승리의 맹세

제 5 부

나리꽃

— 네 속 다 보인다

봉오리 보면 알겠다
네 속 다 알겠다

입 다물고 있어도
뾰로통 부어 있어도

유월이라 알겠다
활짝 터트리니 알겠다

말 안 해도 그 속 보인다
웃음으로 화답하는 네 속 다 보인다

* 꽃말 : 순결, 깨끗한 마음, 존엄

수선화

— 상처난 마음

상처 난 마음을
수선합니다

잘못 전달한 말씀을
수선합니다

찢어진 신발을
수선합니다

노랑 오해를 수선화로 풉니다
세상이 환해졌습니다

* 꽃말 : 조건 없는 사랑, 부활

붓꽃

— 보고 싶은 구름에게

꽃 붓으로
편지를 썼어요

사랑하는 새들에게
보고 싶은 구름에게 라고요

창백한 얼굴이
웃기 시작했어요

우체국에 가지 않아도
배달이 잘 되는 편지를 부쳐요

* 꽃말 : 기쁜 소식, 좋은 소식

바람꽃

— 바람이 꽃으로 피어나는

바람 바람하면 바람날 것 같고

바람 바람하다 바램 되어

벼랑끝에서 소원이 이루어질 것 같아

불행이 주술 되어 막아 지는

바람이 꽃으로 피어나는 봄의 턱

꽃은 몸살로 희망 되어 피어난다

* 꽃말 : 당신만이 볼 수 있어요, 덧없는 사랑

닥풀

— 황촉규 여명

밤새 알박기 놀이하며
청춘 예찬한 것이
늙고 젊은 경계가 아니듯
악어 이빨의 콩깍지가 아니길

밤새 식은땀 축축하여
이리 뒹굴 저리 뒹굴
우주 몇 바퀴 돌고 돌아
천국으로 소풍 가는 하늘길이길

* 꽃말 : 유혹

복사꽃

— 토닥토닥 힘을 실어주는

하얀 물거품 일으키는
성냄도 안아주고

사나운 바람 불어 예는
갈등도 어루만져주며

기다려라
천천히 가라

성냄도 갈등도
잦아들면

토닥토닥
힘을 실어주는 꽃

* 꽃말 : 용서, 이해, 사랑의 노예

개쑥갓

— 당당하게 웃는다

이름 앞에
개 자가 들어가는 것은
개도 안 먹는다는
말도 안 되는 이유로
괄시받긴 억울하다고

흔하디흔해 쓸모없다
쑥갓 쑥갓 하다가
들쑥날쑥
개떡 같아도
바탕은 유럽 스타일이라고

내 이름 자랑하며 웃는다
당당하게 네 앞에서 웃는다

* 꽃말 : 밀회

안개초

— 걷다가 쉬고 싶을 때

걷다가

쉬고 싶을 때

바라보는 꽃

바라만 보게 되는

가녀린 풀

* 꽃말 : 간절한 기쁨, 밝은 마음

애기똥풀

— 아기 똥 쌀 때도

애기똥풀 꽃 주머니에
황소바람 고추바람
매운 겨자 살고 있지

노란 우산 하나에
병아리 꼬물꼬물
들어있는 거 알고 있지

초록 몸속에
참외 닮은 노랑 피
흐르고 있는 거 보았지

아기 똥 쌀 때도
바나나처럼 노랑 똥
맛있고 달콤한 냄새 나겠지

* 꽃말 : 몰래 주는 사랑

민들레

— 힘들어도 포기하지 마

작은 홀씨 하나가
거대한 돌 밀어내고
꽃 피워 가문을 잇는다

아이야,
아무리 힘들어도
포기하지 마

밟혀도 견디면
보란 듯이
네 세상 온단다

보아라,
우릴 보고 감탄하잖니
견디길 잘했다고 칭찬하잖니

* 꽃말 : 감사하는 마음

초롱꽃

— 매일 사랑해야겠다

내일을 기다리는 마음으로
하늘에게
땅에게
고마워해야겠다

오늘 열심히 살았으니
사람에게
자연에게
고마워해야겠다

고마워한다는 것
감사하다는 것
살아있음을 확인하는 일
매일 사랑해야겠다

* 꽃말 : 인도, 침묵

접시꽃

— 당찬 노년의 청춘

하늘에서 내려주시는 빗물로
온갖 꽃들이 목욕한다
시나브로 말라가던 힘줄
당찬 노년의 청춘이
마당 가득 부풀어 오른다
에덴 정원의 아담과 이브
꽃과 나비되어
빗방울 연주에 맞춰 춤춘다
꽃이 사람 되는 무장리*에서는
모두가 꽃이다

* 서산 지곡면 동네 이름

* 꽃말 : 풍요, 대망

벚꽃

— 낙화의 길

너 하나만 있으면 행복할 거란 믿음

뚝뚝 떨어져 보니

나 혼자만 그런 게 아니었어

나만 아프고 힘든게 아니었어

보아라, 바닥에 닿아서야 살아나는

엎드려서도 꽃 피워내는

낙화의 길

* 꽃말 : 결박, 정신의 아름다움, 절세미인

자주괭이밥

— 자주 안아줬더라면

자주 생각하라고
자주 연락하라고
자주 보고 싶다고

자주 만났더라면
자주 기억했더라면
자주 안아줬더라면

내 친구 이런 일 없었을 텐데
암이 아닐 수도 있었을 텐데
전화하며 울지 않아도 될 텐데

* 꽃말 : 충실, 정의, 기도, 천사

상 중에도 피는 꽃

— 안녕을 고하는 밤에도

상 중인 자식이 그 부모에게 자식을 맡기고

비처럼 안개처럼 뿌연 배웅

울다 지친 남매는 엄마를 찾다가 잠이 들었다

모든 꽃 속에 별이 산다는 걸

모든 아기의 눈 속에 엄마가 있다는 걸

비처럼 안개처럼

안녕을 고하는 밤에도 꽃은 피어난다

시아시인선 12

나도 너처럼 오래 걸었어

초판 1쇄 발행 | 2021년 8월 2일

지은이 | 오영미

펴낸이 | 김명수
펴낸곳 | 도서출판 시아북(詩芽Book)
출판등록 | 2018년 3월 30일
주소 | 대전광역시 동구 선화로214번길 21(3F)
전화 | (042) 254- 9966, 226-9966
팩스 | (042) 221-3545
E— mail | daegyo9966@hanmail.net

값 12,000원
ISBN 979-11-91108-10-1

* 저자와의 협의에 의해 인지를 생략합니다.
* 잘못된 책은 바꿔드립니다.

시인 **오영미**

오영미 시인은 충남 공주에서 태어났고, 한남대 대학원에서 문예창작학 시를 전공하였으며 계간『시와정신』신인상으로 데뷔하였다. 한국문인협회, 한국시인협회, 충남문인협회, 충남시인협회, 한남문인회, 시와정신회, 소금꽃시문학회에서 활동하고 있다. 시집으로『청춘예찬』『떠밀린 상상이 그물 되는 아침』『상처에 사과를 했다』『벼랑 끝으로 부메랑』『올리브 휘파람이 확』외 다수 있으며, 에세이집으로『그리운 날은 서해로 간다 1, 2』가 있다. 충남문학 대상과 작품상, 한남문인상 젊은작가상을 수상하였고, 충남문화재단 문예창작기금 수혜. 한국문인협회 서산지부장을 역임했고,「윤석중 문학나눔사업회」를 추진하여 발족시켰으며, 현재는 서산시인협회 회장을 맡고 있다.

sukha21@hanmail.net